잘 가, 개구쟁이 스턴

SEOUL, 2008

큰 도움을 준 잭슨 마그넷 초등학교 가르시아 선생님 반 아이들에게
프로그타운에서 가장 큰 감사의 말씀을 드립니다.

잘 가, 개구쟁이 스턴

초판 제1쇄 발행일 2008년 2월 25일
초판 제37쇄 발행일 2022년 3월 20일
글·그림 미셸 에드워즈 옮김 장미란
발행인 박헌용, 윤호권 발행처 (주)시공사
주소 서울시 성동구 상원1길 22, 6-8층 (우편번호 04779)
대표전화 02-3486-6877 팩스(주문) 02-585-1247
홈페이지 www.sigongsa.com/www.sigongjunior.com

ISBN 978-89-527-8708-8 74840
ISBN 978-89-527-5579-7 (세트)

*시공사는 시공간을 넘는 무한한 콘텐츠 세상을 만듭니다.
*시공사는 더 나은 내일을 함께 만들 여러분의 소중한 의견을 기다립니다.
*잘못 만들어진 책은 구입하신 곳에서 바꾸어 드립니다.

KC마크는 이 제품이 공통안전기준에 적합하였음을 의미합니다.
제조국 : 대한민국 사용 연령 : 8세 이상
책장에 손이 베이지 않게, 모서리에 다치지 않게 주의하세요.

잘 가,
개구쟁이 스턴

미셸 에드워즈 글·그림 | 장미란 옮김

시공주니어

차례

어디에나 있는 개구쟁이 아이들에게,

자전거를 탈 때는 꼭 헬멧을 쓰세요.
그리고 길을 건너기 전에는 항상 멈춰서
살펴보고 귀를 기울이기를.

눈송이 만들기

파 리아 방은 하품을 했어요. 하루 수업이 거의 다 끝나 갈 때였어요. 페너시 선생님은 아이들에게 과제를 주겠다고 했어요. 파 리아는 재미있는 과제 이길 바랐어요.

선생님이 말했어요.

"오늘은 눈송이를 만들 거예요. 눈송이로 교실을 꾸며 보아요."

파 리아는 똑바로 앉았어요. 더 이상 피곤하지 않았어요. 파 리아는 미술 과제를 무척 좋아했거든요.

선생님은 아이들에게 종이를 접고 오려서 레이스 같은 눈송이 만드는 법을 가르쳐 주었어요.

선생님이 말했어요.

하위

캘리오프

"혼자서 만들거나 여럿이 모여서 만들어 보세요."

파 리아는 종이 세 장과 가위 세 개가 있었어요. 파 리아는 종이와 가위들을 단짝 친구 하위와 캘리오프에게 나누어 주었어요. 셋은 모두 창가 쪽 같은 줄에 앉았지요.

파 리아는 오리기를 무척 잘했어요. 할머니와 함께 베트남식 전통 천을 만들 때면 늘 여러 가지 모양을 오리고 접고 꿰맸거든요. 파 리아는 눈송이를 금방 다 만들었어요.

캘리오프가 감탄했어요.

"와, 예쁘다."

하위도 칭찬했어요.

"훌륭해. 우리 것도 도와줄래?"

파 리아는 자기 눈송이를 조심스럽게 책상에 올려놓았어요. 그러고는 하위와 캘리오프한테 종이를 정확히 접는 법을 가르쳐 주었어요. 조그맣게 오리고 접는 할머니의 기술도 가르쳐 주었고요.

하위가 말했어요.

"진짜 대단하다."

캘리오프가 말했어요.

"우리 눈송이를 함께 매달아 놓자."

파 리아는 자기 책상으로 돌아왔어요. 그런데 파 리아의 멋진 눈송이 한복판에 보기 싫게 큼직한 풀 한 방울이 떨어져 있지 않겠어요?

2학년 모두의 적, 개구쟁이 스턴이 말했어요.

"눈송이가 좀 끈적끈적하지, 눈알 네 개? 헤헤."

'저 녀석이 내 눈송이를 망가뜨리게 할 순 없어.'

파 리아는 재빨리 소용돌이 모양과 세모꼴과 별 모양을 오렸어요. 그러고는 그 모양들로 베트남식 무늬를 만들어 보기 싫은 풀 자국 위에 붙였지요.

파 리아는 훨씬 더 근사해진 눈송이를 개구쟁이 스턴이 잘 볼 수 있는 곳에 매달았어요. 하위와 캘리오프도 그 옆에 자기 눈송이를 매달았지요.

파 리아가 소리 죽여 웃었어요.

"헤, 헤, 헤."

교통사고

그 사건은 학교 앞 거리에서 일어났어요. 학교 버스들이 떠나자마자 일어났지요. 그때 파 리아와 파 리아의 오빠는 집으로 가고 있었어요.

파 리아는 개구쟁이 스턴이 길을 건너는 모습을 보았어요. 길을 제대로 살펴보지도 않고 뛰어갔어요.

'못된 장난이나 꾸미려고 바쁘게 집에 뛰어가나

보지.'

그때 하얀 자동차가 달려왔어요. 브레이크가 끼익 멈추는 소리가 들려왔어요. 하얀 자동차가 개구쟁이를 치었어요. 파 리아는 오빠한테 바짝 몸을 기울였어요.

차들이 멈추었어요. 어떤 아주머니가 차에서 후닥닥 뛰어나왔어요. 누군가 구급차를 부르라고 소리쳤어요.

오빠가 말했어요.

"가자, 파 리아."

오빠 목소리가 아주 멀리서 들려오는 것 같았어요. 파 리아는 꼼짝도 할 수 없었어요.

하얀 자동차에서 내린 아주머니는 개구쟁이 스턴을 격자무늬 담요로 덮었어요. 곧 페너시 선생님도 학교에서 뛰어나왔어요. 선생님은 개구쟁이 스턴 옆에 무릎을 꿇고 앉았어요. 노래를 불러 주는 소리가 들려왔어요.

파 리아는 눈을 꼭 감았어요. 사이렌 소리가 귓가에 요란하게 울려 퍼졌어요. 파 리아는 눈을 떴어요. 구급 대원들이 개구쟁이 스턴을 들것에 실어 구급차로 옮겼어요.

'개구쟁이 녀석은 괜찮은 걸까? 너무 조용했어. 꼼짝도 하지 않았고.'

구급차는 불빛을 번쩍이고 사이렌을 울리며 급히 달려가 버렸어요.

"내가 아는 아이야."

파 리아는 이렇게 말하며 울었어요.

"우리 반 아이야."

오빠가 파 리아를 안아 주었어요. 오빠는 폭신한 오리털 점퍼를 입고 있어서 포근하고 따뜻했어요.

오빠가 말했어요.

"집에 가자, 엄마가 걱정하시겠다."

둘 다 몸을 떨고 있었어요.

파 리아는 손을 내밀어 오빠 손을 잡았어요. 둘은 집으로 가는 내내 손을 꼭 잡고 갔지요.

이튿날

파 리아는 발소리를 죽이며 학교로 들어갔어요. 복도는 조용했어요. 우는 아이들이 보였어요. 몇몇 선생님도 울고 있었어요.

'오늘, 모든 것이 달라져 버렸어.'

파 리아는 모자와 장갑을 벗었어요. 캘리오프가 어젯밤에 전화를 했어요. 개구쟁이 스턴이 죽었다고 알려 주었지요.

파 리아는 캘리오프에게 오빠와 그 사고를 보았다고 말하지 않았어요.

'내가 과연 그 이야기를 할 수 있을까?'

파 리아는 가방을 벗었어요. 그러고는 2학년 1반 교실로 들어가 벽에 붙은 눈송이들을 물끄러미 보았어요.

페너시 선생님이 말했어요.

"오늘은 아주 슬픈 날이에요."

선생님은 손에 화장지를 들고 있었어요. 책상에는 새 화장지 통이 놓여 있었어요.

"어제 매튜 스턴이 죽었다는 사실을 여러분도 대부분 알고 있을 거예요. 매튜는 어제 학교가 끝나고 집에 가다가 자동차에 치였답니다. 그 사고를 본 사람이 있을지도 모르겠군요."

파 리아는 헉하고 숨을 멈추었어요.

'선생님이 어제 거기서 날 보았을까? 아이들한
테 내가 본 것을 이야기해
주라고 할까?'

"오늘 오후에 모임이 있
을 거예요. 상담 선생님이 와서
우리가 어떤 심정인지 이야기해
줄 거예요. 하지만 지금은 우리
끼리 매튜에 대해 이야기해 보
았으면 해요. 매튜를 기억하
기 위해서요. 여러분이 도와
주겠지요."

파 리아는 숨을 내쉬었어요.

'나는 아니야. 아직은 아니야. 다른 아이가 이야
기하겠지.'

캘리오프가 손을 들고 교실 앞으로 나갔어요.

'고마워, 캘리오프.'

캘리오프가 말했어요.

"저는 개구쟁이 스턴이랑 같은 유치원에 다녔어요. 스턴한테는 해럴드라는 박제 고슴도치가 있었어요. 스턴은 해럴드를 날마다 유치원에 데려왔어요. 해럴드는 자기 자리도 있었어요. 따로 컵도 있었고요."

파 리아는 연필을 들었어요. 그러고는 맞춤법을 연습하는 공책을 펼치고 아무것도 안 쓴 쪽을 찾았어요.

"그 앤 그 고슴도치를 정말로 사랑했어요."

캘리오프는 이렇게 말하고 얼른 제자리로 돌아왔어요.

파 리아는 작은 고슴도치를 그렸어요. 그러고는 깨알만 하게 '해럴드'라고 썼어요.

해럴드

노래하는 스턴

　하위가 불쑥 물었어요.

　"백파이프 기억나세요?"

　파 리아는 고개를 들었어요. 하위가 칠판 앞에
서 있었어요. 페너시 선생님은 "먼저 손을 들고 말
하세요, 하위."라든가 "당장 제자리로 돌아가세요."
라고 말하지 않았어요.

　오늘은 모든 것이 달랐어요.

하위가 한숨을 쉬고 말했어요.

"전 사실 개구쟁이 스턴을 조금도 좋아하지 않았어요. 하지만 그 애가 학예회 때 엄마랑 백파이프를 연주하는 모습은 달랐어요. 백파이프 소리가 온 체육관을 가득 채웠지요. 정말 아름다웠어요."

파 리아는 가슴속에서 거대한 폭풍이 일어나는 것 같았어요.

'그 애가 아직도 살아서 백파이프를 연주했으면 좋겠어. 나한테 왜 가끔 심술궂게 굴었는지, 어제는 왜 그렇게 급하게 길을 건넜는지 말해 주었으면 좋겠어.'

하위는 계속 이야기했어요.

"우리 할머니가 늘 부르는 노래에 보면요. 하느님이 만드신 것들은 모두 합창대에 자리를 하나씩 차지하고 있대요. 새들이 노래하고 뭐 그런 노래인데, 아이들도 그 합창대에 있을 것 같아요. 개구쟁이 스턴 같은 아이들 말이에요."

하위는 선생님을 흘낏 쳐다보았어요.

"전 개구쟁이 스턴도 합창대에 앉아서 노래하고 있을 것 같아요."

파 리아는 눈을 감았어요. 그 개구쟁이가 어딘가에서 새처럼 노래하고 있다고 생각해 보았어요. 그러자 거칠게 소용돌이치던 마음이 가라앉았어요.

파 리아는 새가 된 개구쟁이 스턴이 많은 꽃들에
둘러싸인 나무에서 노래하는 그림을 그렸어요. 반
짝반짝 빛나며 웃는 해도 하늘에 그려 넣었지요.

개구쟁이 스턴

올리버는 언제 나왔는지도 모를 만큼 번개같이 앞으로 나왔어요. 그러고는 서둘러 말했어요.

"개구쟁이 스턴의 진짜 이름은 매튜 벨벨 스턴이었어요. 그 애는 학교에서 아무도 그 이름을 모르길 바랐어요. 벨벨이라는 이름이 바보 같다고 생각했거든요. 벨벨은 꼭 벨비타(미국의 한 치즈 상표 이름 : 옮긴이) 같이 들린다고요."

'꼭 벨벳처럼 들리는걸. 부드럽고 아름다워.'

파 리아는 공책에 벨벳 같은 날개를 가진 새를 그렸어요.

"스턴은 제 친구였어요. 묘비에 매튜 벨벨 스턴 이라고 쓰여지겠죠. 전 좋은 이름이라고 생각해요. 개구쟁이 스턴보다는 나아요."

이야기를 마친 올리버는 도망치듯이 제자리로 돌아가 버렸어요.

파 리아는 '매튜 벨벨 스턴'이라고 써 보았어요. 그러고는 이름 주위에 소용돌이 장식과 꽃들을 그렸어요. 자기도 모르게 눈시울이 뜨겁게 젖었어요.

파 리아는 눈물을 흘리지 않으려고 눈을 가늘게 떴어요. 브리짓 토마스가 뭔가 말하려고 기다리는 모습이 흐릿하게 보였어요.

브리짓이 말했어요.

"어느 날 우리 엄마가 막 일터로 돌아간 뒤였어요. 제 점심을 웅덩이에 빠뜨리고 말았어요. 그래서 엉엉 울기 시작했어요. 그러자 개구쟁이 스턴이 '엄마를 불러야지, 울보야.'라고 말했어요. 전 '우리 엄만 집에 없단 말이야.' 하고 말했지요."

파 리아의 눈은 다시 눈물로 그렁그렁했어요.

'가엾은 브리짓. 가엾은 개구쟁이 스턴.'

"그 애가 말했어요. '아니, 엄마가 집에 없어? 너희 엄마는 틀림없이 달나라에 있나 보다. 그럼 나도 우리 엄마를 달나라로 보낼게.' 그러고는 씽씽 소리를 내며 로켓처럼 제 주위를 빙글빙글 돌았어요. 전 울음을 그치고 그 애 때문에 막 웃어 댔어요. 그 애는 계속 이렇게 말했지요. '하나, 둘, 셋, 발사! 달나라로 가요, 엄마!'"

'개구쟁이 스턴은 그렇게 바보 같은 짓도 했었지.'

파 리아도 기억을 떠올렸어요. 하지만 어제 본 모습은 떠올리지 않으려고 몹시 애썼어요. 파 리아는 '발사!'라고 풍선 속에 적어 넣었어요.

'달나라로 가렴, 개구쟁이 스턴!'

비밀 요원

파 리아는 연필을 꾹꾹 눌렀어요. 연필심이 뚝 부러졌어요. 파 리아는 다른 연필을 찾으려고 책상 속을 더듬었어요. 뾰족한 연필이 한 자루 있었어요.

"에헴, 에헴, 에헴."

매디슨 프라이스가 파 리아를 빤히 바라보았어요. 자기 말을 잘 들으라고 하는 것 같았어요.

'자기가 선생님이라도 되는 줄 아나 봐? 잘난 척

하는 매디슨.'

파 리아는 연필을 꼭 쥐고 서랍을 닫았어요.

'준비됐어.'

"유치원에 다닐 때 스턴네 아빠는 날마다 그 애를 데리고 와서 안에 들어갈 때까지 지켜보았어요."

매디슨이 반 아이들에게 말했어요. 파 리아가 잘 듣는지 살펴보면서요.

"아이들은 다들 스턴네 아빠를 비밀 요원이라고 불렀어요. 그랬더니 어느 날 그 애랑 아빠가 정말로 커다란 바바리코트에 선글라스를 끼고 큼직한 모자를 쓰고 왔어요."

페너시 선생님이 말했어요.

"나도 한번 봤으면 좋았을 텐데."

파 리아는 커다란 바바리코트를 입고 선글라스를 끼고 큼직한 모자를 쓴 사내아이를 그렸어요.

매디슨은 마침내 자리에 앉았어요. 몇몇 아이들이 손을 들고 개구쟁이 스턴에 대한 이야기를 더 들려주었어요. 몰리 코엔은 자기 금붕어 조지 워싱턴 이야기를 했어요. 그 금붕어는 가족이

휴가를 떠난 동안 죽었대요.

몰리가 말했어요.

"우리 엄마는 조지를 변기에 넣고 물을 내려 버렸어요. 전 장례식을 치러 주고 싶었는데요."

'개구쟁이 스턴이 변기 이야기를 들었다면 무척 재미있어했을 텐데.'

41

파 리아는 변기를 그렸어요. 하지만 우스갯소리를 할 개구쟁이 스턴이 없으니 별로 재미가 없었어요.

몰리가 물었어요.

"개구쟁이 스턴도 장례식을 치를까요? 저희도 갈 수 있나요?"

페너시 선생님이 말했어요.

"나중에 집에 전화를 걸어 보면 알 거야."

파 리아는 연필을 잘근잘근 깨물었어요.

'장례식. 개구쟁이 스턴의 장례식. 길 건너기 전에 왜 살펴보지 않았니?'

블라디미르 솔보킨이 서툰 영어로 말했어요.

"저는 오늘 슬퍼요."

'나도 그래.' 하고 파 리아는 생각했어요. 변기 그림 위에다 아무렇게나 낙서를 휘갈겼어요.

'나도 슬퍼.'

윌의 이야기

파 리아는 공책의 책장을 주르르 넘겨 보았어요. 책장 넘기는 소리가 요란했어요. 너무나 커서 윌 호바트의 말을 못 들을 뻔했어요. 윌은 건너편에 있는 자기 책상에서 이야기하고 있었어요.

"개구쟁이 스턴은 저한테 못되게 굴었어요. 저더러 뚱뚱한 돼지 얼굴이라고 놀렸어요. 그래서 전 울었어요."

윌은 손으로 눈을 가렸어요.

파 리아는 윌을 안아 주고 싶었어요.

'윌은 참 좋은 애인데.'

"개구쟁이 스턴은 다시는 학교로 돌아오지 못해요. 저희랑 3학년에 올라가지도 못하고요. 죽는 건 그런 거예요. 사라져 버리는 거예요. 언제까지나."

윌은 책상 위로 고개를 숙였어요.

선생님은 윌의 어깨에 손을 올렸어요.

파 리아는 흠칫 떨었어요.

'개구쟁이 스턴은 다시는 돌아오지 않아. 다시는.'

선생님이 말했어요.

"여러분이 지금 슬프다는 걸 알아요. 저도 슬퍼요.

하지만 오늘 여러분은 아주 소중한 추억을 함께 나누었어요. 여러분 덕분에 저는 여러분과 스턴에게 더 가까워진 기분이 들어요. 여러분 모두 고마워요."

파 리아는 배를 문질렀어요. 그러고는 벽에 달린 눈송이를 보았어요.

'어제 뒤로 모든 것이 변해 버렸어.'

파 리아는 두 팔로 몸을 껴안았어요. 눈을 꼭 감았어요.

사이렌 소리가 다시 들려오는 것 같았어요. 구급차와 번쩍이는 불빛이 눈앞에 떠올랐어요.

'개구쟁이 스턴은 죽었어. 영영 사라져 버렸어.'

파 리아는 연필을 내려놓고 공책을 덮었어요. 그

러고는 손을 들었어요.

선생님이 고개를 끄덕였어요.

파 리아는 벽에서 눈송이를 떼어 냈어요. 풀은
아직도 마르지 않았어요.

안녕, 개구쟁이 스턴

파 리아는 개구쟁이 스턴의 책상 옆에 섰어요.
책상 위는 아무것도 놓여 있지 않고 깨끗했어요.

"어제 전 개구쟁이 스턴한테 무척 화가 났어요.
제 눈송이를 망치려고 했거든요. 그 사고를 보았을
때도 여전히 화가 나 있었어요."

파 리아는 가슴속에 틀어박혀 있던 무거운 새가
방금 날아가 버린 것처럼 홀가분했어요.

51

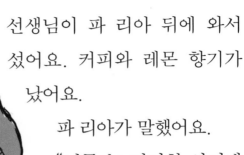

선생님이 파 리아 뒤에 와서
섰어요. 커피와 레몬 향기가
났어요.

파 리아가 말했어요.

"너무 눈 깜짝할 사이에
일어난 일이었어요. 하얀 차
가 개구쟁이 스턴을 치는 모
습을 보았어요."

이제는 말하기가 좀 더
쉬웠어요.

"'개구쟁이 스턴, 어서
일어나. 하나도 재미없
어.' 하고 생각했어요. 하
지만 스턴이 다시 못 일어날
줄 알고 있었어요. 그리고 이 일은 스턴이 지금까
지 했던 어떤 말이나 행동보다도 슬프고 가슴 아파

요."

안경 속에서 눈물이 뚝뚝 떨어졌어요.

"개구쟁이 스턴은 죽었지만 전 영원히 기억할 거예요. 개구쟁이 스턴은 영원해요."

파 리아는 자기 눈송이를 스턴의 책상 위에 살짝 떨어뜨렸어요.

하위와 캘리오프도 자기 눈송이를 떨어뜨렸어요. 파 리아의 눈송이 옆에 떨어지도록요. 하위와 캘리오프는 파 리아 옆에 바짝 붙어 있었어요.

하위와 캘리오프가 말했어요.

"개구쟁이 스턴은 영원히 우리 곁에 있을 거예요."

2학년 1반 아이들 모두가 벽에 걸려 있던 눈송이들을 가져왔어요.

다들 스턴의 책상 위에 눈송이를 뿌리면서 말했어요.

"개구쟁이 스턴은 영원히 우리 곁에 있을 거예요."

선생님이 힘주어 말했어요.

"그래요, 개구쟁이 스턴은 영원히 우리 곁에 있을 거예요."

오늘은 정말 달랐어요. 앞으로 2학년 1반이 보낼 그 어떤 날도 오늘 같지는 않을 거예요.

# 작가의 말

《잘 가, 개구쟁이 스턴》은 쓰기 힘든 책이었습니다. 등장인물들에 대해 더 많이 알기 위해 내 안으로 더 깊이 파고들어가야 했지요. 개구쟁이 스턴의 죽음이 아이들에게 어떤 의미인지 이해해야 했거든요. 글을 쓰면서 제 손이 싸늘해지고 덜덜 떨린 적이 한두 번이 아닙니다. 막내딸을 데리러 학교에 갈 때면 안절부절못하며 주위에 있는 아이들을 지켜보았습니다. 저 아이들 가운데 하나가 길에 뛰어들지 않을까 하고요.

사랑하는 사람이 죽으면 몹시 슬픕니다. 사랑하지 않는 사람이 죽어도 슬픕니다. 여러분에게 못되게 굴었던 사람이라도, 매튜 벨벨 스턴 같은 아이라도 말입니다. 이 책은 슬픈 이야기를 담고 있지만 희망적이기도 합니다. 2학년 1반 아이들은 자기만의 방법으로 개구쟁이 스턴을 기억할 테니까요. 좋았던 일뿐 아니라 나빴던 일까지도 말이에요.

다음 책을 쓸 때는 매튜 스턴이 무척 그리워질 겁니다. 심한 개구쟁이이긴 했지만요. 하지만 페너시 선생님네 반 아이들처럼 저도 나름대로 영원히 기억하는 방법을 찾아냈답니다. 여러분도 그러기를 바랍니다.

❀ 파 리 아 방 ❀

나비와 생쥐 그리기를 좋아하고,
옆으로 재주넘는 법을 배우고 있어요.
가장 좋아하는 음식 : 국수

파 리 아 방은 잭슨 마그넷 초등학교에 전학
온 베트남 여자 아이예요. 할머니와 베트남 전통
천을 짜며 배운 바느질 솜씨가 으뜸이랍니다.

❖ 캘리오프 터닙시드 제임스 ❖

수학 공부를 좋아하고,
뜨개질을 배우고 있어요.
가장 좋아하는 음식 : 초콜릿 과자

캘리오프는 금발 머리에 주근깨가 얼굴 가
득히 있지요. 처음 보는 친구에게도 다정하
게 말을 거는 상냥한 친구랍니다.

★ 하워디나 제럴디나 폴리나 ★
맥시나 가디니어 스미스

10단 변속 자전거가 있고,
기어를 모두 사용하는 법을 배우고 있어요.
가장 좋아하는 음식 : 고구마 파이

하위는 꼭 안아 주고 싶은 곰 인형처럼 귀
여운 친구예요. 예쁘게 꾸미기를 좋아하고,
가수가 되는 것이 꿈이랍니다.

❖ 매튜 '개구쟁이' 스턴 ❖

'해럴드' 라는 박제 고슴도치를 키우고,
손을 놓고 자전거를 탈 줄 알아요.
가장 좋아하는 음식 : 카우보이 구운 콩

'2학년 모두의 적' 이라고 불리는 스턴은 짓
궂은 장난을 참 좋아해요. 하지만 친구가 슬
퍼할 때면 즐겁게 달래 주기도 하는 아이랍니다.

옮긴이의 말

《잘 가, 개구쟁이 스턴》은 같은 반 친구의 죽음을 다룬 이야기예요. 착한 친구가 아니라 얄미웠던 친구의 죽음이지요. 선생님이 스턴이 세상을 떠났다는 사실을 알리자, 아이들은 스턴과 있었던 일을 이야기하면서 추억을 나눕니다.

개구쟁이 스턴은 짓궂기만 한 아이는 아니었어요. 예뻐하는 고슴도치 인형도 있고, 우는 친구를 재미있게 달래 주기도 했지요. 아이들은 이런 이야기를 들으며 스턴이 더욱 보고 싶고 마음이 허전해집니다.

그렇게 친구들과 선생님은 개구쟁이 스턴을 영원히 마음속에 남겨 둘 거예요. 여러분도 개구쟁이 스턴을 오래도록 기억해 주세요. 하늘나라에 있을 개구쟁이 스턴이 정말 기뻐할 테니까요.

장미란